굿모닝 준모닝

굿모닝 준모닝

펴 낸 날/ 초판1쇄 2022년 5월 21일
지 은 이/ 조준모
일러스트/ 임솔빈

펴 낸 곳/ 도서출판 기역
펴 낸 이/ 이대건
편   집/ 책마을해리

출판등록/ 2010년 8월 2일(제313-2010-236)
주   소/ 전북 고창군 해리면 월봉성산길 88 책마을해리
         경기도 파주시 회동길 363-8
문   의/ (대표전화)070-4175-0914, (전송)070-4209-1709

ⓒ 조준모, 2022

ISBN 979-11-91199-36-9 03810

굿모닝 준모닝

조준모 지음

ㄱ

차례

죽음의 문턱에서 유턴한 나,

암울하기만 했던 청춘의 한 페이지에

이런 날을 누가 상상이나 했을까?

돌이켜 생각해보면 늘 비상을 꿈꾸었다.

서툴고 느리지만 절실하고 오롯한 날갯짓이

나를 이곳까지 이끌어왔는지도 모른다.

세상의 잣대로 보면 나의 작은 봉우리는 성공이나 정상이라 부르기에 아직 충분하지 않지만, 나는 감히 충만한 행복을 누리고 있다고 자신 있게 말할 수 있다.

사랑하는 가족과 정겨운 사람들 그리고 나의 천직 방송…. 나의 오늘을 만들고 다듬어 주신 모든 분께 깊은 감사를 드린다.

2022년 5월 조준모

굿모닝~ 준모닝~

아버지

준디의 아빠는 초등학교도 졸업하지 못한 일개 농사꾼.

그래도 금당초등학교 육성회장에 계산도 척척, 한문도 좔좔.

헐~ 면장님이랑 준디 선생님들과도 친해….

준디 아빠, 짱짱!

준디는 그런 아빠가 자랑스러웠다.

(우리 아빠 대다나다.^.^)

자전거

준디는 방앗간 집 아들의 세발자전거를 타보고 싶었다.

벼르고 벼르던 어느 날 드디어 구슬 몇 개를 내어주고 자

전거를 타게 됐다.

아뿔싸…, 럴수럴수 이럴 수가….

하필 그 타이밍에… 자전거가 고장이 나고 말았다.

준디는 '조금 불편할 뿐'이라는 가난을 처음으로 느꼈다.

(구슬 개아까워…)

TV

준디네는 텔레비전이 없었다.

〈전우〉, 〈마징가제트〉는 '있는 집 자제분이랑 사이좋게 놀아야' 얻어 볼 수 있었다. '그분'이랑 싸우기라도 하면 여지없이 한동안은 ….

보고야 말겠다는 어린 준디의 강렬한 욕구와 의지는 잘난 자존심을 이겨낼 수 없다는 사실을 반복학습을 통해 증명하곤 했다.

특히 〈전우〉가 하는 저녁에는….

(ㄴ ㅃ ㅅ ㄲ)

점빵

준디는 점빵 집 아들이 세상 부러웠다.

그 자식은 매일 같이 눈깔사탕을 먹었고, 아이스께끼를
먹었다.

준디는 약 올리며 먹는 그놈보다 엄마 아빠가 더 미웠다.

이제부터 준디의 꿈은 단 하나.

"커서 꼭 점빵 주인이 되리라."

(이담에 뭐 해먹고 살겨? 눈깔사탕 먹고 살겨.)

얼음배

한겨울 냇가에서 놀고 있는 준디에게 나무를 지고 오시던 아빠가 다가왔다.

"배 탈래?"

준디 아빠는 톱과 곡괭이로 얼음을 자르고 가운데 구멍을 뚫어 나무를 끼워 주셨다.

준디는 세상에 하나밖에 없는 얼음배를 타며, 흐뭇해하는 아빠 얼굴을 보며 행복했다.

(우리 아빠 웬열?)

시험

6학년 때 준디는 전주에 있는 학교로 전학을 왔다.

시골학교에서 1, 2등을 도맡아 하던 준디는 첫 시험에서

18등을 했다.

준디는 도대체 알 수가 없었다.

'18'이라는 숫자의 억압은 촌놈이라는 놀림보다 더 강렬

했다.

(18등이라니….)

느그 아버지 뭐하시노? 1

전학 온 준디에게 선생님이 처음 물으셨다.

"아빠 뭐하시나?"

"우리 아빠 농사짓는데요."

준디는 괜히 자신감이 떨어졌다.

그 순간만은 아빠가 〈전우〉에 나오는 멋진 군인이거나

수사반장이었으면 하고 생각했다.

(못난 놈, 뭐가 켕겨서 기어들어가노….)

밤

준디 아빠가 담임선생님께 인사드리러 학교에 오셨다.

직접 농사지은 거라며 흙이 잔뜩 묻어 있는 밤 포대를 내밀었다.

선생님의 달갑잖아하던 표정은 어린 준디 혼자만의 생각이었을까?

(흙이나 좀 털어 오시지…. 쯔ㅍㄹ.)

쇠꼴

소여물을 만들기 위해 짚을 자른다.

준디 아빠는 짚을 대주고 준디는 작두를 누른다.

"봐, 공부 안 하면 맨 이런 일이나 해야 되는 겨, 힘들겠
지? 열심히 공부혀서, 펜대 굴리며 돈 벌어."

(네, 아부지. 저는 점빵 할겨….)

오천 원

주말에 준디가 시골집에 갔다.

한참 집중하며 일을 보고 있는데 아빠가 냄새나는 변소
로 슬며시 들어오신다.

엄마 몰래 오천 원을 쥐어 주시며 속삭였다.

"혼자 맛있는 거 사 먹어."

'웬 떡이냐?'

그 뒤로도 아빠는 가끔 그렇게 용돈을 몰래 챙겨 주셨다.

(누구에겐 해우소, 준디에겐 행운소. ㅋㅋ.)

가구조사

선생님이 공개적으로다가 물으신다.

"집에 테레비 있는 사람 손 들어, 냉장고 있는 사람? 세탁기 있는 사람? …"

친구들의 손이 올라갈 때마다 준디의 고개는 자꾸자꾸 떨어진다.

(음메, 기죽어.)

상처 1

쉬는 시간에 친구와 격하게 놀던 중학교 2학년 준디, 담임한테 딱 걸렸다.

담임은 '니 애비 에미가 그렇게 시키대?' 하며 싸다구를 갈겼다.

아무런 벌도 받지 않은 친구는 미안해 어쩔 줄 몰라 했지만, 하염없이 흐르던 준디의 눈물을 그치게 할 수는 없었다.

(왜 거기서 엄마 아빠가 나와….)

육성회장

싸움이 벌어졌다.

아니, 한 친구가 일방적으로 때렸다.

당연히 담임선생님의 체벌이 있었다.

"니가 감히 육성회장님 아들을 때려?"

한 친구의 볼을 사정없이 가격한다.

(때린 게 잘못이냐, 육성회장 아들 때린 게 잘못이냐?)

친구네 집

친구 집에 놀러 갔다.

친구 엄마가 무척 젊고 예쁘시다.

홈드레스에 앞치마를 두르고 간식을 만들어 주신다.

식탁에서 밥을 먹고, 친구 방에는 책상과 침대까지….

준디 인생의 첫 문화충격.

(아따마, 텔레비전 연속극 클래스!)

느그 아버지 뭐하시노? 2

고등학교에 들어가자마자 담임이 "아버지 뭐하시냐?"

선생님들은 그게 왜 그렇게 궁금하신 걸까?

준디는 또 기어들어간다.

큰소리로 "농사지으십니다" 떳떳하게 말을 못 하는 자신

을 자책하며 전학 보내신 아빠도 원망해 본다.

(모든 아빠들이 농사짓는 운주로 '나 돌아갈래'….)

꿈

준디는 라디오를 즐겨 들었다.

〈밤의 디스크쇼〉, 〈별이 빛나는 밤에〉….

학교에서 DJ 흉내도 곧잘 냈다.

"전주시 효자동에 사시는 조준모 님, 함께 자취를 하고 있는 누나하고 자주 싸우신다고요. 고생하는 누나에게 미안하단 말을 전하고 싶다는 사연과 함께 김광석의 〈거리에서〉를 신청하셨습니다."

준디는 그렇게 방송의 꿈을 키웠다.

(점빵 주인? 내가?)

내 머리도~

고등학교 보충학습 시간, 담임 샘이 건네는 응원의 한마디,
"공부 열심히들 해 임마, 나중에 후회하지 말고, 예쁜 색시
한테 장가들려면 공부 잘해야 돼, 이 자식들아."
준디 앞에 앉은 친구의 머리를 쓰다듬어 주시며 쓰윽~ 지
나가신다. "아빠 잘 계시냐?"
'샘, 준디도 쓰담쓰담….'

(부러우면 지는 거야.)

아버지

체육시간, 담임이 부르신다. 아버지가 돌아가셨다는 연락
이 왔다고 집에 빨리 가보라 하신다.

'그럴 리가…. 아니야, 우리 아빠는 아프신 데 없는데, 아
니겠지, 같은 동네 사는 큰아빠겠지….'

준디의 아빠는 그렇게, 갑자기 돌아가셨다.

고등학교 1학년인 준디를 두고 그렇게 허망하게 가셨다.

날은 또 얼마나 화창하던지 꿈을 꾸고 있는 것만 같았다.

(아빠, 저는 열일곱에 성장을 멈춘 것 같습니다.)

방황

어린 준디는 농사짓는 아빠를 부끄러워하기도 했지만, 아는 것 많고 동네에서 인정받는 아빠를 무척이나 의지하고 존경했다.

아빠의 기대가 부담스러울 때도 많았지만, 아빠는 준디를 이끌어 주던 등대와 같은 존재였다.

준디는 갑자기 길을 잃어버린 것만 같았다.

준디의 슬픔은 슬픔으로 그치지 않았다.

(공부하면 뭐하니?)

회전 테이블

친구 아버님의 초대로 간 곳은 분명 중국집이었다.

테이블 위에 난생처음 보는 여러 가지 종류의 요리들….

각자가 덜어 먹을 수 있도록 테이블이 돌아간다.

촌놈 준디의 두 번째 문화충격.

(저 자식 아빠 잘 나가시나 보네.)

국어선생님

그닥 예쁘지도 않고, 깡마르고, 키만 컸는데….
선생님은 수업시간 틈틈이 소설 이야기를 참 맛깔나게 들
려주셨다.
준디는 그런 국어선생님이 좋았다.
어느 날 준디는 유치환의 「행복」이란 시를 곱게 써서 수
줍게 전달했다.

(첫사랑이야.)

신문방송

준디는 신문방송학과에 입학했다.

신문방송학과를 가야 방송국에 입사할 수 있는 걸로 막
연하게 생각했고 꼭 그렇게 될 것이라고 믿었다.

학교 방송사에도 입사했다.

교정에 울려 퍼지는 자신의 목소리가 마냥 뿌듯했다.

(살려는 드릴게, ㅅㅅㅎ님)

총학생회장

"이번 학번은 인물이 없어, 매년 총학생회장 선거에 우리 과가 안 나간 적이 없는데 이번엔 없나 보다."

준디 선배의 비아냥거리는 말투에 의기충천한 준디는 그렇게 출마를 선언했다.

운동권이 득세하던 그 시절, 오직 학내 발전을 모토로 꽤 선전했다.

(개고생한 친우 여러분, 쌩큐베리 감사!)

열차 타고~

준디는 엄마와 철철 울며 헤어졌다.

춘천 102보에서 사단 배치를 받았다.

12사 을지부대.

"인제 가면 언제 오나~ 원통해서 못 살겠네~."

준디는 겁이 나서 또 눈물이 났다.

(그래도 군복 핏이 예술이야, 간지나네.)

느그 아버지 뭐하시노? 3

훈련소 조교가 사정없이 굴리더니 "아빠 뭐하냐?"

이제 지겹다.

"네, 33번 올빼미, 아빠 돌아가셨습니다."

얼차려의 고통이 그리움을 이긴다.

(보고 싶다~. 보고 싶다~. ㄱㅂㅅ데뷔전)

노래 일발 장전

"노래 잘하는 사람은 금일 훈련 열외."

눈치를 보던 준디는 번쩍 손을 들었다.

"33번 올빼미, 노래 일발 장전."

준디는 멋들어지게 노래를 불러제껴 버렸다.

"젖은 손이 애처로워 살며시 잡아본 순간, 거칠어진 손마디가 너무나도 안타까웠소~~."

특등상사도 감동시킨 구성진 목소리 덕분에 준디는 잠깐 쉬어갈 수 있었다.

(공처가의 삶은 이때부터 시작된 것인가?)

위문편지

위문편지가 도착했다.

이것도 준디, 저것도 준디, 준디, 준디, 준디….

준디에게만 무려 48통의 편지가 왔다.

누나가 동료 유치원 샘들에게 부탁해서 보낸 편지가 하
루에 48통.

조교가 급 친절해진다.

"누나 몇 살? 예쁘냐? 어이, 처남~."

(누나 고마워~. ㅎㅎ)

아르바이트

준디는 무거운 철모 덕분에 철이 단단히 들어 제대했다.

복학준비도 해야 했고 무엇보다 돈이 절실했다.

어머니는 아프시고 형제들은 각자 살기에도 빠듯했다.

아버지의 빈자리가 너무나 컸다.

학원 세 곳을 다니며 강동구 한 독서실에서 총무 일을 시작했다.

밥값이 아까워 아점은 컵라면과 밥 한 공기, 저녁만 백반으로 끼니를 때웠다.

'하루 한 끼만 제대로 먹자, 돈 아까워.'

(미련 곰탱이~)

길랑-바레증후군

준디는 절약한답시고 바보 같은 짓을 계속 이어갔다.

제대로 먹지 못하고 추운 사무실에서 자던 어느 날, 준디에게 이상증세가 나타나기 시작했다.

감기몸살인가? 구안와사?

하루 지나면 안면, 하루 지나면 한쪽 팔, 하루 지나면 다른 쪽 팔… .

이름도 모르던 그놈이 찾아왔다.

준디의 몸은 며칠 사이 전신을 못 쓰게 되었고 숨조차 스스로 쉴 수 없는 지경에 이르렀다.

엄마, 누나, 형님, 형수님, 어린 조카들에게까지 걱정거리가 되고 말았다.

형제들이 하루 두 번 면회시간을 위해 대기조가 되었다.

(교무실만 불려 가봤지, 중환자실에서 왜 불러?)

투병

다행인가 불행인가?

준디의 정신은 온전했다.

준디는 손끝 하나 움직이지 못하는 상황이었지만, 중환자
실의 황망함, 죽음에 대한 두려움, 가족들의 걱정과 눈물,
듣고 보이는 모든 것을 인지할 수 있었다.

준디는 그런 자신이 싫었다. 그것은 처절한 고통이었다.

차라리 식물인간이었으면, 신이 계시다면 죽여 달라고 끊
임없이 기도했다.

(왜 제게 이런 시련을….)

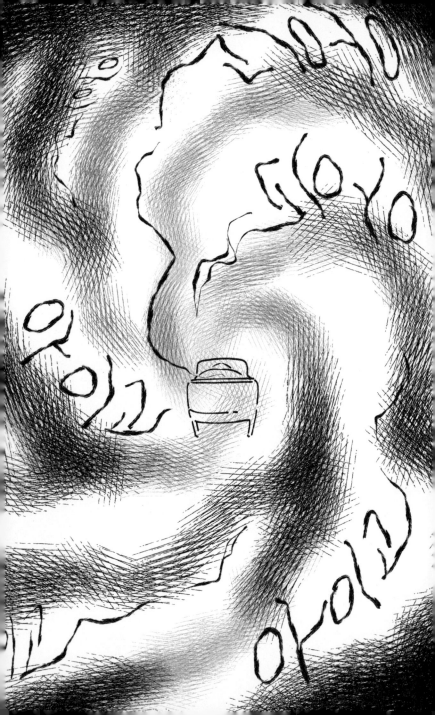

아이고~

중환자실에서 '아이고~아이고~'.

옆에 누워 있던 누군가의 사망을 알리는 소리다.

준디는 그 소리가 너무 무서웠다.

준디에게도 죽음의 공포가 턱 밑까지 다가온 것만 같았다.

하룻밤에 세 번의 '아이고~' 소리를 들은 그 밤을 잊을

수가 없다.

(하나님, 제발 빨리 죽여주세요.)

발가락 방울

준디는 자가호흡은 물론 말도 못하고, 눈도 못 감고, 먹지도 못했지만 아프고, 가렵고, 답답함을 느낄 수 있었다.

그러나 준디가 할 수 있는 것은 아무것도 없었다.

그러던 어느 날, 큰형님이 오른쪽 엄지발가락에 신경세포가 살아있다는 것을 발견했다.

그렇게 발가락에 방울이 달렸다.

(죽으란 법은 없구나.)

준디의 소통방법은 발가락에 달린 방울 단 하나였다.

소통이 필요한 순간 아주 힘겹게 모든 에너지를 끌어모아 방울소리를 냈다.

'다리가 아프다, 머리가 가렵다, 팔이 아프다, 가래를 빼줘라. 따알랑~~.'

(영끌은 이렇게 하는 거지.)

간호사 1

지나갈 때를 정확히 맞춰 혼신의 힘을 다하여 내는 방울
소리에 한 간호사가 준디 머리맡으로 다가온다.

"조준모 씨, 조준모 씨 어디가 또 불편하구나. 조준모 씨는
참을성이 없네요" 하면서 방울 달린 발을 이불로 덮어버린
다. 그 순간 준디의 눈에서는 서러운 분노의 눈물이 한없
이 흘러내렸다. 준디는 욕 한마디 응징도 하지 못한다.

(미저리….)

간호사 2

"조준모 씨, 힘들죠? 빨리 나가고 싶지요? 힘내요, 곧 다 나을 거예요. 밖에 눈이 와요. 요즘 제일 인기 있는 노래가 뭔지 아세요? 김건모의 〈잠 못 드는 밤 비는 내리고〉라는 곡인데, 내가 조금 불러 볼까요?"

준디는 간호사의 따뜻한 말 한마디에 하염없이 눈물을 흘렸다.

(고마워요, 천사님.)

통닭

아무것도 먹지 못하는 준디는 주사기로 위를 채웠다.

하루 두 번 있는 면회시간이 기다려지기도, 아예 없었으면

하기도 했다.

보호자들이 사들고 오는 음식냄새 때문에 정신을 차릴

수가 없었다.

특히 통닭 냄새는 베스트 오브 베스트다. 아무것도 먹일

수 없는 준디의 보호자들도 마음이 아픈 것은 매한가지다.

준디의 눈에서는 또 눈물이 흐른다.

(스물둘의 청년이 통닭 때문에 울다니 가관이다.)

자가호흡

준디는 수개월 동안 기관절개를 통한 기계호흡에 의존해

왔다.

10초, 30초, 1분, 2분, 5분, 10분, 30분….

준디는 조금씩 기계를 멀리하며 자가호흡 연습을 했다.

혼자 힘으로, 스스로, 저절로 숨을 쉴 수 있게 되다니….

(세상에서 숨쉬기가 젤 힘들었어.)

엄마

형제들이 돌아가면서 도와주었지만, 준디의 병간호는 엄마의 몫이었다.

오랜 입원생활을 하다 보니 준디는 준디대로 엄마는 엄마대로 신경이 곤두서 있었다.

간혹 엄마의 고통이 짜증으로 표출될 때, 준디의 서운함은 이루 말할 수가 없었다.

심신이 약해져 있던 준디는 엄마의 아픔을 미처 헤아리지 못했다.

(아파서 죄송합니다. 엄마.)

새우깡

준디가 조금씩 먹을 수 있게 되었을 무렵, 문병 오신 고모
가 물었다.

"준모야, 뭐가 젤 먹고 싶니? 고모가 다 사줄게."

"새우깡."

"겨우 새우깡이야?"

준디는 아기처럼 새우깡을 빨아 먹었다.

(그래~ 이맛이야.)

퇴원

발병하고 2년이 다 돼가는 즈음, 준디는 퇴원을 해야만
했다.

무엇보다 병원비 부담이 너무 컸고, 연명치료 외에는 딱히
상태를 호전시킬 방법이 있는 것도 아니었기 때문이었다.

준디에게는 시간만이 처방이었다.

(평생 이리 누워서만 살아야 하는 걸까?)

피땀눈물

준디는 회복을 위해 물리치료를 받고, 운동치료를 하고, 악착같이 몸을 움직였다.

발가락에서 비롯된 준디의 회복은 갓 태어난 아기들의 성장과 같이 더뎠으나 아주 조금씩 조금씩 분명 나아가고 있었다.

침대, 휠체어, 목발….

(기적이었나, 운명이었나.)

방송아카데미

운동을 하며 TV를 보던 준디의 눈에서 번쩍 섬광이 일었
다. '방송아카데미 방송과정반 모집.'

준디는 아나운서 과정을 선택하고 싶었지만 몸 상태를
고려하여 성우 과정으로 자신과 타협을 했다.

당시 준디는 목발을 짚고 다닐 정도가 되어 있었다.

(그래 한번 가보는 거야~.)

자취

퇴원하고 누나 집에서 치료를 이어가던 준디는 미안함 때
문에 독립을 결심했고 아는 형 자취방에 얹혀 살기로 했다.
높디높은 봉천동 날맹이 자취방.
잠실에 있는 학원까지 마을버스 타고 전철 타고 목발을
짚고 다녔다.

(힘들어도 행복해.)

봉천동고개

눈이 많이 내린 어느 날, 준디는 집으로 가는 오르막길을
도저히 오를 수가 없었다.

지팡이도 소용 없었다. 너무도 높았다.

준디는 밑에서 형이 올 때까지 기다릴 수밖에 없었다.

준디는 폭폭하면서도 감사했다.

'걸을 수가 있잖아.'

(목발도 버리고 지팡이로 승격.)

아르바이트

준디는 인형 장사를 하는 고향 형을 만났다.

형은 마침 방송아카데미 근처 번화가에서 노점상을 하고
있었다.

준디는 인형을 파는 형 옆에서 불법 복제 카세트테이프
장사를 하게 됐고, 매일 이익금을 '반땡'하기로 했다.

아르바이트비가 쏠쏠했다.

(아싸~ 이제 돈도 벌어.)

손

거스름돈을 줘야 하는데 손이 쉬 곱아 돈을 셀 수 없는 날이 많았다.

추운 날씨 탓도 있었지만, 미세한 신경세포들이 아직 다 돌아오고 있지 않았다.

보다 못한 어떤 손님들은 직접 잔돈을 챙겨 갔다.

(너무 욕심내지 말자, 나 살아있다.)

느그 아버지 뭐하시노? 4

히트곡이 터져 쏠쏠하게 장사하고 있는데 경찰에서 나왔
다며 테이프를 모두 수거해 갔다.

불법복제물 단속이란다.

준디는 어안이 벙벙했다. 두려웠다.

준디는 경찰서로 끌려갔고 유치장에서 하룻밤 신세를 졌다.

(별 데를 다 와보네, 교도소 가는 건 아니겠지?)

경찰이 조서를 꾸민다며 이것저것 물어본다.

"느그 아빠 뭐하시노?"

이눔의 소리는 시도 때도 없이 튀어나온다.

식상해, 지겨워, 이제 열까지 받는다.

센 척 시크하게 내뱉는다.

"아빠 돌아가셨는데요."

(아놔 어쩔건데?)

운명

드디어 그녀를 만났다.

준디는 평생 함께할 그녀를 방송아카데미에서 만나고야

말았다.

성우로서 끼도 없는 그녀를 준디에게 데려다준 이는 과연

누구일까?

준디는 그것이 아직도 궁금하다.

(내 그리 보고 잡았나?)

인형장사

준디는 복학을 위해 전주로 내려왔다.

배운 게 도둑질이라고 학비를 위해 인형노점을 시작했다.

낮에는 학교, 밤에는 길거리 장사, 쉽지 않았다.

텃세에 '깍두기'들까지 꼬였다.

상도덕을 모르는 준디는 그렇게 학교를 마칠 수 있었다.

10년 만이었다.

(인형 외상값을 결혼 후에야 다 갚았다. 미안해 여보.)

연애

준디는 졸업을 위해 성우 도전을 멈추고 그녀와 잠시 헤어져 있어야 했다.

서울에서, 전주에서, 가끔은 중간지인 대전이나 천안에서 데이트를 했다.

학자금 대출에 생활비도 빠듯한 판국이어서, 데이트 비용은 오로지 그녀의 차지였다.

헤어질 때면 지갑 속 지폐의 반절을 꺼내 내 지갑에 찔러 넣어주었다.

(사나이 자존심이 말씀이 아냐.)

첫 직장

준디는 방송국 공채 성우로 문을 두드리다 조급한 마음에 방송광고 제작회사에 성우 실장으로 입사했다.

월급은 박봉에 밀리기 일쑤.

그런데도 사장의 마인드가 우습기 짝이 없다.

절실한 기독교 신자였던 사장은 밀린 월급을 하나님께서 해결해 주실 거라며 기도를 강요하곤 했다.

(죽여 달라, 살려 달라 애원했던 그 하나님?)

결혼

준디는 결혼했다.

준디 집에서 그녀는 천사이며 은인이었지만, 처갓집에서 준디는 이런 날도둑이 없을 터였다.

나이, 학교, 전라도 출신에 부모님도 안 계시고 게다가 몸도 아픈대, 와아, 대체 뭐 믿고 결혼한다는 거지?

허나 그녀는 정말 멋지고 용의주도했다.

준디를 받아들일 수 있도록 모든 상황을 클리어.

그리곤 인사를 드렸다.

준디는 아무것도 한 것이 없다.

(대단한 그녀.)

사업

세 명이 의기투합하여 광고회사를 설립했다.

동업은 쉽지 않았다. 일은 많지 않았고 분배는 셋이 해야

했으니 결코 좋은 상황일 리 없었다.

결국 준디는 두 명의 투자금을 떠안고 혼자 회사를 운영

해 나가기로 했다. 준디의 부채는 자꾸만 늘어갔다.

(대출도 능력!)

맨땅에 헤딩…. 일 하나 수주하기가 녹록지 않았다.

따논 당상이다, 했던 건들도 인맥 때문에 뒤집어지기 일쑤

였다.

사이즈에 눌리고, 헛물켜고, 뒤통수 맞고, 벼룩의 간을 내

어 먹지, 이런 준디의 돈을 떼어먹는 인사들까지….

(테스 형! 인생이 왜 이래?)

소바

임신한 그녀, 갑자기 소바가 먹고 싶단다.

준디는 서울 가는 인편에 부조금으로 톡톡 털어주고 그녀를 데리고 소바집으로 갔다.

배부르다는 핑계로 하나만 시켜 먹이고 집으로 돌아오는 길, 자동차까지 배고프단다.

보증문제로 신용카드 사용불가.

준디는 나중에 넣겠다며 위기 모면.

(태중 아기생각: '아버지는 소바가 싫다고 하셨어~~.')

탄생 1

준디에게 늦은 밤 전화가 왔다.

"이모부, 이모 양수가 터졌대요. 택시 타고 병원에 가고 있
으니 빨리 오세요."

그 시각 준디는 한창 달리고 있었다.

산통은 시작됐고 술에 취한 준디는 진통을 나누기 위해
그녀의 손을 잡고 졸고 있었다. 누군가 커튼을 젖힌다.

"제수씨, 괜찮으세여?"

힐! 준디는 병원으로 똥꾼들을 죄다 끌고 왔다. 15시간이
넘는 진통은 결국 제왕절개로 끝이 났다.

준디는 그렇게 힘 한 번 쓰고 아빠가 되었다.

(휴게실에서 치킨 시켜 3차를 이어갔으니, 간 사이즈 세계 최고!)

탄생 2

준디의 둘째도 첫째처럼 성질이 급했다.

공교롭게도 주치의가 없었다. 못 보던 의사가 수술을 집도했다.

병실로 올라간 아이가 이상하다.

울음을 멈추고 새파래지기 시작했다.

의사와 준디는 응급처치를 하며 정신없이 대학병원으로 달려갔다.

둘째는 한 달이나 인큐베이터 신세를 져야 했다.

(레알 이거 투룩? 세상에 이런 일이…)

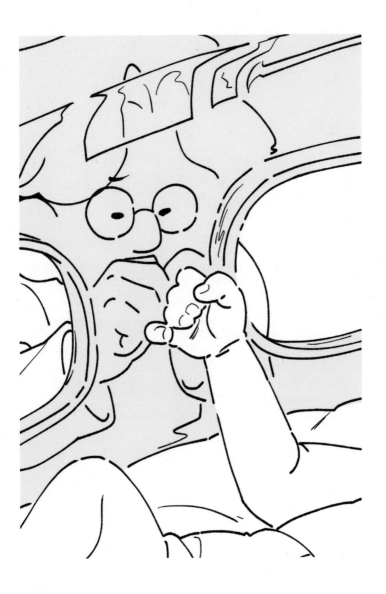

아빠

준디는 인큐베이터에 누워있는 천사 같은 아들을 들여다
보며 상념에 잠겨 있었다.

차라리 죽고 싶었던 그때, '죽게 하소서' 수도 없이 되뇌었
던 그때가 떠올랐다.

'살려 주세요, 제가 대신 다 아팠습니다. 제발, 살려 주세요.'

하늘에서 나를 위해 기도했을 아버지 생각도 났다.

(엄마 아빠! 도와주세요.)

DJ

JTV라디오를 개국하며 DJ오디션이 있었다.

준디는 150대 1의 경쟁률을 뚫고 당당히 1등으로 합격했다.

시험 방송에서도 호평이 이어졌다.

그러나 의욕이 앞선 탓이었을까, 실전에선 생방송의 긴장
감을 극복하지 못했다.

결국 음악 위주 주말 방송으로 밀려나게 되었다.

(멘트 한 번에 네다섯 곡씩…, 개박살난 자존심….)

상처 2

준디의 큰아들은 잠을 깨우면 사정없이 울어젖힌다.

여러 번 좋은 말로 타일러도 보고 야단을 쳐봐도 쉽사리 고쳐지지 않았다.

제사를 모시고 돌아오던 어느 날, 여지없이 차에서 내려서부터 계속 울어댔다.

'이번에 반드시 이 나쁜 버릇을 고쳐주고야 말리라.'

엉덩이를 사정없이 때렸다.

그 사건 이후로 말끔히 고쳐지기는 했으나 큰 녀석은 상처로 또렷하게 기억하고 있다.

("저는 아빠가 지난 여름에 한 일을 알고 있어요.")

집 /

결혼하며 대출로 마련한 1,950만 원짜리 임대아파트 시공
업체가 부도가 났다.

준디 집은 경매에 부쳐졌고, 임대업자들이 낙찰을 받았다.

깍두기들을 시켜 "집 빼" 협박이 이어졌다.

원주민에게 프리미엄을 얹어 되팔고 싶어 했다.

준디도 그렇게 할 수밖에 없었다.

알면서도 속을 수밖에, 그 돈으로 갈 데가 없었다.

(유전무죄 무전유죄.)

시작

왕래가 없던 고등학교 친구한테서 느닷없이 전화가 왔다.

"너, 라디오 진행한다면서? 남자 진행자를 뽑고 있는데 아직 마땅한 사람이 없어. 테스트 한번 받아 볼래?"

준디는 무대체질인가?

테스트를 멋지게 통과하고 교통방송 시대를 열었다.

(마지막 기회일지도 몰라, 달려보는 거야.)

더블MC

미숙한 준디와 달리 경력이 많았던 상대 MC는 능수능란
했다.

준디가 머뭇거리고 버벅대도 순식간에 깔끔하게 정리하곤
했다. 그는 10년도 넘은 경력의 소유자다.

그런데 사람들은 왜 준디를 더 좋아하지?

(갈난 척 !. ㅎㅎㅎ)

영업

준디는 건물주들을 찾아가 현수막 부착을 부탁했다.

라디오 주파수와 이름 석 자만 적어 걸었다.

편지 봉투와 편지지도 제작했다.

직접 쓴 손글씨로 정말 여기저기 마구마구 보냈다.

받고 싶은 사람은 없어도 보낼 곳은 많았다.

늦게 입문한 터라 마음이 급했다. 갈 길이 멀었다.

'무료로 사회 봐 드립니다.'

(일단 한번 써보시라니깐요~.)

택시비

준디의 열혈 청취자 중에는 대중교통 운전자들이 상당수다.

"아, 조준모 씨 맞죠? 목소리 들으니 알겠네. 목소리 좋고 잘생기고, 방송 잘 듣고 있습니다. 감사합니다. 좋은 방송 해줘서…"

내릴 때가 문제다.

극구 차비를 마다하시기 때문이다.

안 내고 내리면 죄송스럽고, 만 원을 드리자니 매번 부담스럽다.

그래서 준디는 오천 원짜리가 생기면 지갑에 꼬불쳐 둔다.

(아버지의 오천 원은 요긴하다.)

아침방송

인지도가 높아진 준디에게 아침방송 제안이 들어왔다.

이제 퇴근시간이 아니라, 출근시간이다.

더블이 아니라 싱글이다.

준디는 흔쾌히 수락했다.

경쟁자가 있는 아침방송, 이제 해볼 만하다 생각했다.

(오브코올스…. 나는 뜨는 해야~. 잘난척 2. ㅎㅎㅎ)

굿모닝 준모닝!

"굿모닝, 준모닝, 출발! 전북대행진 조준몹니다."

전북의 아침을 여는 준디만의 닉네임은 그녀의 머리에서 나왔다.

처음에 시큰둥했는데 쓸수록 입에 착착 붙는다.

'나중에 책을 내면 책 제목으로도 써야지' 결심한다.

"굿모닝 준모닝 맞으시죠? 행사장에서 뵀어여, 방송도 잘 듣고 있습니다."

(전국 준모들의 무단 사용 절대금지.)

새벽 4시 30분

처음 1년은 노이로제 수준이었다.

자다 깨 시계 보고, 자다 깨 시계 보고. 지각하는 꿈도 자주 꿨다.

이제는 자동이다. 알람이 필요 없다.

준디 자체가 알람이다.

일어나 필달이 밥 주고 신문을 들여온다.

신문이랑 TV보도채널을 훑어본다.

밥 먹고 샤워하고 출발! 전북대행진!

(OK, ㄹㄷㄱ)

트러블 1

느려도 느려도 너무 느리다.

느긋해도 느긋해도 너무 느긋하다. 지각을 밥 먹듯한다.

용돈은 모조리 택시에 바친다.

조금만 일찍 서두르면 될 것을 닥쳐서 황급히 하려 한다.

말대꾸는 꼬박꼬박, 절대 '예' 하는 법이 없다.

한마디 하면 백 마디가 이어진다.

힘들어 힘들어 너무 힘들어.

준디와 준디 그녀는 너무 힘들다.

(이번 생은 처음이라…. 아빠, 준모도 저랬나요?)

축구 1

준디의 둘째 녀석이 축구공에 눈을 맞았다.

어디 이런 일이 한두 번이었던가.

"다 그러면서 크는 거야, 너무 과잉이야, 냅둬. 자고 나면 괜찮아."

다음 날 학교에서 "성진이가 앞이 안 보인대요. 빨리 와주셔야겠어요".

이거 실화임?

대학병원에 가기 싫어서 여기저기 안과를 데리고 다녔다.

결국은 대학병원에 가야 했다.

전공의가 다 들리는 혼잣말을 한다.

"이런 애를 데리고 돌아다녀, 무식하게…."

(왜 나는 슬기로운 의사를 만날 수가 없는 거야. T.T)

축구 ㅗ

준디는 운동신경이 좋았다. 특히 축구는 거의 날아다녔다. '길랑바레증후군'을 앓고 나서 후유장애가 남았다. 거의 모든 부분이 완벽에 가깝게 좋아졌지만 다리만은 돌아오지 않았다. 모르는 분들은 "어디 다치셨나 봐여?" 걷는 게 이상해서다.

준디가 가장 아쉬워하는 것, 아들들과 축구를 할 수 없다는 것.

(아직도 마음만은 ㅅㅎㅁ)

빨간 팬티

준디는 특별한 행사가 있을 때면 빨간색 팬티를 입는다.

준디만의 루틴이다.

왠지 빨간 팬티를 입지 않으면 불안하다.

빨간 팬티를 입어야 잘할 수 있을 것 같다.

언제부터인지 정확하지 않다. 어느 날부터인가 그랬다.

(빨갱이 아니고여, 보수당도 아니고여, 슈퍼맨도 아니고여….)

만년필

준디는 만년필을 좋아한다.

항상 만년필을 가지고 다닌다.

특히 방송할 때 만년필의 잉크가 떨어지면 왠지 방송이

만족스럽지 못하다.

투병 이후 글씨체가 바뀐 탓에 만년필이 안성맞춤이다.

글씨가 날아다녀도 만년필 특성을 핑계 댄다.

이제 준디에게 만년필은 친구가 되었다.

(TMI 시계, 지팡이도 못지않게 좋아해.)

방송비화 1

시위대가 거리행진을 하고 있어 도로가 많이 막힌다는 제보였다.

"와, 예전에 데모 정말 살벌했는데요, 그때 관통로 사거리에서 '짭새'에게 쫓기다 어렵사리 얻게 된 '마이마이' 잃어버렸잖아요."

방송 후 준디는 편성국으로 불려갔다.

"짭새? 짭새라고? 이 방송국이 어떤 방송국인지 잊었니? 교통방송이야, 교통방송."

(그땐 그랬지.... '짭새' ㅎㅎㅎ)

방송비화 2

경기장 사거리에서 트럭에 싣고 가던 쌀 포대가 떨어져 터지고 흩어져 난리가 났다는 제보가 떴다.

"떨어져 있는 쌀을 젓가락으로 주우려면 얼마나 걸릴까요?"

준디는 또 불려갔다.

"그 심각한 상황에 장난질이야? 이건 모니터링에 걸려도 빼박이야."

(개꿀잼, 죄송합니다.)

친구

'준디를 사랑하는 모임'이 결성되고 인터넷 카페가 문을 열었다.

카페지기는 자칭·타칭 매니저, 준디의 친구.

준디 주변에는 좋은 사람들이 많다.

무조건적 응원과 격려를 아끼지 않는다.

사람 좋아하고 관계를 중히 여기는 준디의 성향 때문이기도 하지만 준디는 인덕이 있다고 늘 생각한다.

(사랑합니다.)

인연

준디는 인연을 굉장히 중요하게 생각한다.

가급적 여러 부류의 사람들과 교류하며 타협·공생하며 살아왔다.

진솔하고 인간적 매력을 가진 사람들과는 관계 맺기가 수월하다.

물론 소중하지 않은 인연이 없지만 유난히 힘든 인연은 있는 것 같다.

그러나 준디를 더 힘들게 하는 것은 '우린 여기까지야, 그건 비겁해 정의롭지 않아'.

관계가 어그러지는 것이 두려워 행동하지 못하는 자신을 마주하는 일이다.

(난 독립운동은 못했을 것 같아…. 넘사벽.)

사회비화 1

주례를 서도 시원찮을 나이지만 방송인이라는 이유로 간혹 결혼식 사회 의뢰가 들어온다.

한번은 준디가 양가 부모님에게 뽀뽀를 시켰다.

신부 아버님이 "장난하냐, 장난해?"

헐…, 이거야원….

그런 상황에서는 아무리 짓궂은 요구를 해도 대부분의 분들이 사회자가 시키는 대로 하기 마련이다.

준디 당황, 하객 황당, 이 분위기를 어떡해.

(신부님, 어쨌든 미안합니다.)

사회비화 2

기념식의 꽃은 내·외 귀빈 소개, 그리고 축사다.

행사 주최 측에서도 그 부분을 가장 신경 쓰기 마련이다.

소개를 빼먹는다든가, 순서가 마음에 안 든다든가 하면,

그냥 퇴장해버리는 분도 있고 곧바로 언성을 높이고 삿대

질로 응징하는 분들도 제법 있다.

이럴 경우 모든 책임은 사회자에게 돌아간다.

그게 제일 깔끔하기 때문이다.

준디만 참으면 다 좋은 걸로….

('의전이란 무엇인가', 저명하고 싶은 W대 겸임교수 조ㅇㅇ,
스테디셀러 희망.)

집 2

준디는 아파트보다 단독주택을 좋아한다.

촌놈 기질 때문인지도 모른다.

바로 위에 누군가 앉아 있고, 누워 있고, 똥 싸고….

정말 질색이다.

맘에 드는 집을 구하려고 많이도 돌아다녔다.

전주 바닥 곳곳을 다 훑어봤을 것이다.

'이런 집에서 내가 살고 있다니, 누가 뭐래도 나는 이 집이

최고야.' 매일 생각한다.

(영끌 저문, 언제 갚노?)

필달 님

준디에게는 에스가 있었다.

학교 갔다 오는 길에 큰 소리로 '에~스~'하고 부르면 아주 멀리서도 정신없이 뛰어왔다.

단독주택으로 이사를 준비하며 필달이를 데려와 실내에서 한두어 달 키우다 마당에 풀어 놓았다.

추억이 있어서일까, 필달이는 문만 열면 자꾸 들어오고 싶어 하는 것 같다.

(안돼 필달 님, '시'자는 시금치도 싫어한대.)

MC대상

준디는 열심히 했다.

홍보도 셀프로 했다.

주 청취층인 기사들에게 여름이면 생수를 돌리며 인사도
다녔다.

물론 '열심히'라는 건 자기 만족에 불과하다.

준디에겐 결과도 중요했다.

다행스럽게도 청취율 조사가 만족스러웠다.

전국 최고다.

준디는 상도 받았다.

전국 교통방송 MC대상을 받았다.

(경쟁자가 없어, 잘난척 3. ㅎㅎㅎ)

교통사고 유자녀 돕기 콘서트

준디는 뭔가 자꾸 새로운 일을 벌이고 싶다.

더 크고 싶고 더 많이 알리고 싶다.

사랑받은 만큼 돌려주고도 싶다.

〈교통사고 유자녀 돕기 콘서트〉는 그렇게 시작됐다.

기획하고 스폰받고 또 영업력을 발휘했다.

시작은 성공적이었다. 성금으로 좋은 일도 할 수 있었다.

현장에서 감동 뻴 받은 준디는 콘서트를 평생 이어가겠다

고 큰절 올리며 약속했다.

(헉걱 입틀막…. 내가 ㅁㅊ ㅇ.)

아들 친구

가끔 아들아이의 친구들이 놀러 온다.

"인생이 뭐라고 생각하니?"

뜬금없는 질문에도 나름 잘 대답해준다.

대답을 들어보면 생각이 있는 놈인지 없는 놈인지 판단이

가능하다.

이렇게 준디도 꼰대가 되었다.

간혹 썰렁해지면 '아빠는 뭐하시고?' 아들과 그녀의 눈총

이 장전됐다.

(이거 뭐임? 시집살이도 해본 놈이 시킨다던데… 그런 건가?)

동암고 삼부자

준디는 아들 둘을 모두 모교로 보냈다.

"훗날 삼부자 장학금 만들자, 다 큰 그림이 있는 거야" 너스레를 떨었지만 존재감 없던 학창시절에 대한 보상심리랄까, 적어도 준디 아들은 '아빠 뭐하시냐?' 대신 '아빤 잘 계시고?' 소리 정도는 들으며 학교생활을 시키고 싶었기 때문이다.

시대가 달라졌다고들 하지만 준디는 쪼까 고리타분하다.

(삼부자 장학금 생각만 해도 흐뭇해.)

명품

"너네는 참 좋겠다. 먹고 싶은 거 다 먹고, 하고 싶은 거 다하고, 부럽다 부러워."

꼰대 준디가 가끔 하는 말이다.

언젠가 둘째가 "우리 친구 중에 우산도 명품인 애가 있어, 60만 원짜리래".

"우리가 해준다고 해줘도, 애들에게도 결핍이 있을 거야."

그녀가 덧붙인다.

그렇겠지, 대상만 달라졌을 뿐.

준디에게 자전거, 눈깔사탕, 테레비…, 녀석들에겐 명품, 외제차 그런 것들이 있을 테지.

(얘들아, 그게 인생이야.)

대학교

준디의 큰아들이 대학을 안 간다고…, 이제라도 음악을 제대로 해보겠다고…, 고등학교 때부터 못해서 후회스럽다고….

음악은 대학 가서 동아리활동으로 하라고…, 취미생활로 하라고…, 언제든지 얼마든지 할 수 있다고…, 준디와 준디 그녀가 설득해본다.

씨알도 안 먹힌다.

("니가 인생 살아봐야 정신을 차리지." 홧김에 악담을 한다.)

지팡이

준디 집에는 지팡이가 꽤 많다.

수집까지는 아니고 준디가 산 것도 있고, 지인들에게 선물 받은 것도 있다.

준디의 다리가 서서히 지팡이를 준비하도록 만들고 있다.

아직은 사회 의뢰가 꽤 있어 본격적으로 짚고 다니지는 않지만, 사적인 자리에서는 간혹 들고 다닌다.

요즘은 더 자주 넘어지기 때문이다.

아직은 젊은 나이에 지팡이가 좀 멋쩍지만, 부끄럽게 여기거나 하지는 않을 작정이다.

지팡이 짚은 준디도 나름 멋지다고 생각한다.

(말해 뭐해, 멋지면 끝이지.)

남자 1

준디는 지팡이를 짚고 걸어가시는 어르신을 뚫어져라 쳐다본다. 지팡이를 짚었지만 준디보다 빠르시다.

한참을 가던 어르신이 도롯가 한쪽으로 가시더니 볼일을 보신다. 길거리에는 차도 많고 지나는 사람들도 많았다.

'저 연배쯤 되면 난 훨씬 힘든 상황일 텐데, 모르긴 몰라도 걷지 못할지도 몰라, 그래도 죽을 때까지 남자로 살고 싶다.'

준디는 생각이 깊어졌다.

(폼생폼사, 남자는 멋이지.)

남자 2

준디의 그녀는 가끔 투덜댄다.

"당신처럼 집안일 안 한 사람도 없을 거야. 애 기저귀를 한번 갈아봤나, 목욕을 시켜봤나. 청소, 빨래는 당연히 안 했고, 설거지도 한 열 번이나 해봤을까? 증말 간이 주체불가, 배 밖으로 나왔다니까."

("엄마가 교육을 잘못 시켜서 그래요." 거드는 저 놈들이 더 미워. 남자의 멋을 몰라 이눔들이….)

시장 방송

무난한 게 싫어, 익숙한 게 싫어, 심심한 게 싫어~.

준디가 또 일을 벌였다.

남부시장에 방송국을 만들었다.

'남부시장의 청년몰, 야시장, 현장방송으로 활성화시켜야

지, 너튜브도 해야지.'

돈 들고 시간 들고 공 들고…, 한여름 하늘정원에서 준디

가 새까매졌다.

준디의 그녀가 작작하란다.

(애국가도 4절인데, 인생 뭐 있어.)

한옥마을 방송

준디는 남부시장 방송이 자리를 잡자마자 한옥마을로 진출했다. 한옥마을을 방문하는 관광객들에게 색다른 추억을 선물하고 싶었다. 신청곡을 들으며 고즈넉한 한옥마을을 산책한다면 더없이 좋은 추억이 될 듯했다. 준디는 곤룡포를 입고 사연을 읽어주고 신청곡을 들려주며 추억을 선물하고 있다.

(아~ 주말이여!)

트러블 ㄴ

준디는 남부시장에서 방송을 하면서 아들의 도움을 받게

됐다.

준디와 아들은 수시로 부딪혔다.

'아빠 지금은~' VS '나 땐 말이야'.

기술적 부분부터 시시콜콜한 일상생활 부분까지 사사건

건 트러블이다.

하나도 그냥 넘어가는 법이 없다. 준디는 뼛속까지 꼰대,

준디 아들은 초강력 MZ세대.

(라떼 한잔 하실래요?)

트라우마

준디의 발음이 시원스럽지가 않다.

다음 날도 또 다음 날도 특정 발음이 나오지 않는다.

바로 병원에 갔어야 했는데 병원을 기피하는 준디는 대수

롭지 않게 여기고 골든타임을 놓치고 말았다.

갈수록 안 되는 발음들이 늘어났다. '성대부종'이었다.

성대가 부으면 안 되는 발음이 생긴다는 것이다.

치료는 더디기만 했다. 방송을 쉴 수도 없었다.

(목구멍이 포도청, 영끌이 발목을 잡네.)

공황장애

특정 발음에서 이상한 소리가 터진다.

갈수록 조바심이 났다.

'멘트하다 꼬이면 어쩌지, 소리가 안 나오면 어쩌지…'

방송 중에 숨이 차다.

준디는 냅다 뛰다가 멘트를 하는 것만 같다.

스텝들 눈치를 본다. 스텝들이 수군대는 것만 같다.

급기야는 걱정과 두려움 때문에 다른 나쁜 습관들이 생기고 말았다.

이제는 일상적인 대화에서도 이상한 비음이 들린다.

'방송을 그만둬야 할까.'

준디는 방송하다 숨이 막혀 죽을 것만 같다. 준디는 신경정신과 문을 두드렸다.

('살려주세요.' 이 소리를 다시 하게 될 줄이야.)

따뜻한 말 한마디

준디는 트라우마나 공황장애에 대해 일절 말하지 않았다. 가족과 몇몇 절친들만 알고 있었다. 물론 오래 지속되다 보니 이제는 공공연한 비밀이지만 말이다.

"야 인마, 뭐가 무서워 걱정이야. 얘가 지 위치를 몰라도 너무 모르네. 넌 이미 대단한 존재야. 하던 대로만 하면 돼. 사람들은 니 목소리만 듣는 게 아냐. 니 캐릭터를 소비하는 거지."

(약은 약사에게 치료는 의사에게. 그러나 처방은 가끔 친구에게.)

욕심

준디는 언제나 오늘 행복하자고, 만족하며 살라고, 너무 욕심내지 말라고 강조하며 살아왔다. 그러나 준디의 마음 저 깊숙한 바닥에서는 욕심내라고 더 많이 가져보라고 더 나아가라고 하이드(지킬박사 말고)가 외쳐댄다. 이만하면 됐다, 하고 자위하다가 배고프다고 닦달하다가…. 이런 마음이 될 때마다 자괴감이 들기도 하고 혼란스럽기도 하다. 그러나 준디의 이런 마음이 준디를 이곳으로 이끌어 왔을 것이다. 발전하고자 하는 열정이 불행이 아닌 것처럼 머물러 있는 익숙함이 행복의 전부가 아니다. 문제는 마음이다. 다른 이에게 피해 주지 않으며 앞으로 나아갈 수 있다면 그리고 그 길이 행복하다면 그리 할 것이다. ("It's the happiness, stupid!")

방송 20년

준디는 20년을 버텨왔다.

살아남았다.

오늘을 그 누구보다 치열하게 살아낸 결과이다.

오늘을 살아내면 내일이 만들어졌다.

내일을 모르는 준디는 오늘을 열심히 살아내려고 한다.

투병 이후에 생긴 변화다.

내일은 없다.

오늘이 있을 뿐이다.

오늘 행복하자.

(아프지 말고 행복하자.)

'아빠, 어디 계세요? 게서 뭐하고 계세요?' 저도 아빠께 물어보고 싶습니다. 누군가 '아빠 뭐 하시냐' 물으면 저는 지금도 송구스럽게도 대답할 길이 없네요.

저도 이제 두 아이의 아버지가 됐습니다. 뜻을 다 이루지 못하시고 적성에 맞지도 않는 농사일로 5남 1녀의 생계를 책임지셔야 했던 가장의 짐은 어떤 것이었을까요? 지금 제가 감히 '조금은 알게 됐습니다' 하면 주제넘은 걸까요?

막내아들 준모랑 소주 한잔 하시게 얼른 오세요. 아빠 좋아하는 통닭에 맥주도 좋아요. 아들 녀석들에게 술을 받을 때마다 술 한 잔 올리지 못한 설움이 북받쳐 올라옵니다. 이 넓은 집 어딘가에서 '애비야~ ' 하고 불러 주실 것만 같습니다.

저희들 걱정일랑 마세요. 엄마 아빠 기도 덕분에 아픔도 딛고 좋은 사람 만나 아들 둘 낳고 잘 살고 있습니다. 엄마랑 함께 계신 그곳에서 아무쪼록 평안하세요.

(부록)

소우주

준디는 애주가예요.

특히 준디는 소주를 아주아주 좋아합니다.

준디는 항상 소주를 끊어 마셔요.

친구들은

작은 소주잔을 끊어 마시는 준디에게

핀잔을 주곤 합니다.

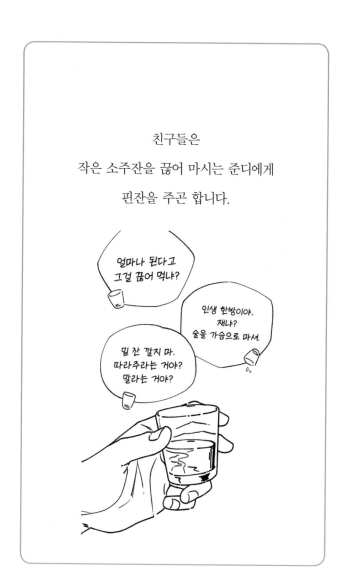

빨리 마시면 빨리 취해요.

급히 걸으면 풍광을 놓쳐요.

쉬이 오르면 쉬이 지쳐요.

준디는 천천히, 조금씩, 한 모금씩, 한 걸음씩,

이번 생은 그렇게 가겠다고 하네요.

제 스타일대로… 제 멋대로… 그게 인생이지요.

지은이 **조준모**

1969년 전북 완주에서 5남1녀 가운데 막내로 태어났다. 2008년 석사를 시작으로 2015년 언론학 박사학위를 마쳤고 우석대학교 미디어영상학과 겸임교수로 학생들과 만나고 있다.

교통방송 출퇴근시간을 맡아 진행한지 20년이 되었다. 남부시장, 한옥마을 관광활성화 현장 온라인 방송을 진행하며 청취자들과 신명으로 만나고 있다.

일러스트 **임솔빈**

청소년기에 미술을 전공하며 두 권의 그림책 프로젝트에 참여했다. 현재 시야를 넓히고자 대학에서 인류학을 공부하고 있다. 재학 중 삽화를 맡아 출간한 그림책 『하늘에서 뚝 떨어진 오징어』는 어린시절부터 수없이 그어온 선에 지금껏 쌓아온 양식이 색을 입힌 결과물 중 하나다.